國家圖書館出版品預行編目 (CIP) 資料

美麗新世界：貝雷的新衣/艾莎.貝斯寇(Elsa
Beskow)文.圖；林真美策劃翻譯. -- 第三版.
-- 臺北市：親子天下股份有限公司, 2023.12
38面；26x20公分. -- (繪本：347)
國語注音
譯自：Pelles nya kläder.
ISBN 978-626-305-609-1(精裝)

881.3599   112016528

繪本 0347‧美麗新世界

貝雷的新衣

文圖｜艾莎‧貝斯寇　策劃翻譯｜林真美

責任編輯｜蔡忠琦　美術設計｜林子晴　行銷企劃｜高嘉吟

天下雜誌群創辦人｜殷允芃　董事長兼執行長｜何琦瑜

媒體暨產品事業群

總經理｜游玉雪　副總經理｜林彥傑　總編輯｜林欣靜　行銷總監｜林育菁　資深主編｜蔡忠琦　版權主任｜何晨瑋、黃微真

出版者｜親子天下股份有限公司　地址｜台北市 104 建國北路一段 96 號 4 樓

電話｜（02）2509-2800　傳真｜（02）2509-2462　網址｜www.parenting.com.tw

讀者服務專線｜（02）2662-0332　週一～週五：09:00~17:30

傳真｜（02）2662-6048　客服信箱｜parenting@cw.com.tw

法律顧問｜台英國際商務法律事務所‧羅明通律師

製版印刷｜中原造像股份有限公司

總經銷｜大和圖書有限公司　電話：（02）8990-2588

出版日期｜2006 年 6 月第一版第一次印行

2015 年 4 月第二版第一次印行

2023 年 12 月第三版第一次印行

定價｜350 元　書號｜BKKP0347P　ISBN｜978-626-305-609-1（精裝）

───────────── 訂購服務 ─────────────

親子天下 Shopping ｜ shopping.parenting.com.tw

海外‧大量訂購｜ parenting@cw.com.tw

書香花園｜台北市建國北路二段 6 巷 11 號　電話（02）2506-1635

劃撥帳號｜ 50331356　親子天下股份有限公司

立即購買 >

貝雷的新衣

艾莎·貝斯寇 文圖　　　林真美 策劃翻譯

從前，有一個小男孩，他的名字叫貝雷。

貝雷養了一隻小綿羊，他自己照顧這隻小綿羊，

而且，把小綿羊當成自己的寶貝。

小綿羊長大了，貝雷也長大了。小綿羊的毛變長了，可是，貝雷的外套卻變短了。

有一天，貝雷用剪刀把小綿羊身上的毛全都剪了下來。

然後，貝雷帶著剪下來的羊毛，去找他的奶奶。

「親愛的奶奶，你可不可以幫我把這些羊毛梳理好呢？」

「可以啊，親愛的孩子，」奶奶說：

「如果你可以到蘿蔔田幫我拔草的話，

那我就幫你的忙。」

於⊔是ㄕ，貝ㄟ雷ㄌㄟ到ㄉㄠ奶ㄋㄞ奶ㄋㄞ的ㄉㄜ蘿ㄌㄨㄛ蔔ㄅㄛ田ㄊㄧㄢ拔ㄅㄚ草ㄘㄠ。

奶ㄋㄞ奶ㄋㄞ幫ㄅㄤ貝ㄟ雷ㄌㄟ把ㄅㄚ羊ㄧㄤ毛ㄇㄠ梳ㄕㄨ理ㄌㄧ好ㄏㄠ。

然後，貝雷去找他的另外一位奶奶。

親愛的奶奶，你可不可以幫我把這些羊毛紡成線呢？」

「好啊，親愛的孩子，」奶奶說：

「只要你在我紡線的這段時間，幫我看牛，

那我就幫你的忙。」

於是，貝雷幫奶奶看牛。 奶奶將貝雷的羊毛紡成線。

然後，貝雷去找油漆店的叔叔，拜託叔叔給他一些染料。

「傻孩子！」叔叔笑著說：「油漆和染料是不一樣的。

不過，如果你可以划船到對岸的雜貨店，

去幫我買一瓶松節油回來的話，

那剩下的零錢，就讓你拿去買你要的染料吧！」

於是， 貝雷划船到對岸的雜貨店，

幫油漆店叔叔買了一瓶松節油，

再用剩下的零錢， 買了一大袋藍色的染料。

貝ㄅㄟˋ雷ㄌㄟˊ獨ㄉㄨˊ自ㄗˋ將ㄐㄧㄤ所ㄙㄨㄛˇ有ㄧㄡˇ的ㄉㄜ˙羊ㄧㄤˊ毛ㄇㄠˊ線ㄒㄧㄢˋ染ㄖㄢˇ成ㄔㄥˊ藍ㄌㄢˊ色ㄙㄜˋ。

然後，貝雷去找媽媽。

「親愛的媽媽，你可不可以幫我把這些線織成布呢？」

「好啊，」媽媽說：「只要你幫我照顧妹妹，那我就幫你的忙。」

於是，貝雷幫忙照顧妹妹，媽媽將貝雷的毛線織成布。

然後，貝雷去找裁縫師。

「親愛的裁縫師，你可不可以用這塊布幫我做一件衣服？」

「什麼？ 這怎麼可能！」裁縫師剛說完，又馬上改口說：

「嗯，這樣好了，如果你可以幫忙把我家的乾草弄成堆、把乾木柴搬到屋子裡、並幫忙餵豬的話，那我就幫你的忙。」

於是，貝雷幫忙把裁縫師家的乾草弄成堆，又幫忙餵豬。

並且把乾木柴搬到屋子裡。

就在那個星期六的傍晚，裁縫師把衣服做好了。

星期日早晨，貝雷穿上新衣，來到小綿羊的面前。

「小綿羊，謝謝你給了我這件新衣服。」

「咩——咩——咩——」小綿羊的叫聲，聽起來就像是在笑呢！

艾莎·貝斯寇 *Elsa Beskow*

1874 年生於瑞典斯德哥爾摩。為自 20 世紀初以來，瑞典最具代表性的女性繪本作家、插畫家，她常常被稱為「斯堪地那維亞的碧雅翠絲·波特」。她的作品《Children of the Forest》甚至曾被拿做瑞典國小的國語教科書作教材。

1953 年逝世，至今雖已逾半個世紀，但其作品在瑞典兒童文學界依然佔有舉足輕重的地位。

1958 年，由瑞典圖書館協會（SAB）設立了以她為名的艾莎·貝斯寇插畫獎，選拔對象為在瑞典發行的繪本及兒童讀物（包含青少年文學）中的插畫或照片，每年選出優秀的插畫家及攝影師頒予獎項。

在瑞典的書店，艾莎·貝斯寇的作品可說是架上必列之書，雖然時代久遠，但她所留下來的 33 本繪本，依然深獲瑞典大人、小孩的喜愛。甚至，她的作品亦廣受世界各國的肯定，至今被譯成德文、西班牙文、英文、日文、芬蘭文、愛爾蘭文、阿拉伯文……等。艾莎·貝斯寇常以獨特的素樸筆觸，描繪北歐的自然及瑞典小孩的生活。

策劃翻譯

林真美

國立中央大學中文系畢業，日本國立御茶之水女子大學兒童學碩士。

曾在清華大學、中央大學、輔仁大學及數所社區大學兼課，開設「兒童與兒童文學」、「兒童文化」、「繪本、影像與兒童」等課程。

1992 年開始在國內推動親子共讀讀書會，1996 年策劃、翻譯「大手牽小手」繪本系列（遠流），2000 年與「小大讀書會」成員在臺中創設「小大繪本館」，2006 年策劃、翻譯「美麗新世界」系列（親子天下）及「和風繪本」系列（青林國際）。譯介英、美、日……繪本無數。

除翻譯繪本，亦偶事兒童文學作品、繪本論述、散文、小說之翻譯。如「宮澤賢治的繪本散策」（聯經出版）、《繪本之力》（遠流）、《百年兒童敘事》（四也）、《最早的記憶》（遠流）、《夏之庭》（星月書房）……等。《在繪本中看見力量》（星月書房）則為與小大讀書會成員共著之繪本共讀紀錄。

近年並致力於「兒童權利」之推廣，與國內 16 位插畫家共同完成兒童人權繪本《我是小孩，我有話要說》（玉山社）。

個人繪本論述包括《繪本之眼》（親子天下）、《有年輪的繪本》（遠流）二書。